As aventuras de

Cal e Berê
A Pedra da Galinha Choca

H. S. Fernandes

Artes e diagramação:
Rafael Felix

Revisoras:
Bárbara Alyne Cardon
Ignez Tatiana Pareira-Norris

ISBN: 9798495802186

O dia estava amanhecendo no meio do agreste nordestino e Cal, um calango adorável, barrigudinho e cheio de opinião, seguiu para o seu passeio matinal, em direção a uma das inúmeras rochas da região de Quixadá. Cal morava bem na saída da cidade.

Cal não entendia porque as pessoas demonstravam tanto medo e nojo por ele. Afinal, ele era adorável. Sem contar que o pobre calango lhes fazia um grande favor em limpar as casas daquela comunidade carente, comendo os insetos que habitavam ali... e não eram poucos!

Ingratos! – Cal resmungava para a sua melhor amiga, Berê, uma lagartixa otimista e 'espilicute' – A gente passa noites limpando a casa deles, e o que ganhamos? Gritos de pavor, se não chutes e pisadas que muitas vezes custam as nossas caudas.

A amizade de Cal e Berê era verdadeira, apesar de ela ser uma presa natural para o seu amigo enorme e companheiro de aventuras. Depois de Cal quase comer a sua amiga, quando se viram pela primeira vez, os dois concordaram que aquilo havia sido apenas um mal-entendido. Afinal, havia comida suficiente para os dois.

– Calma, meu amigo, Cal. Não se zangue com as pessoas, não. Essas coisas de medo e nojo já devem vir de dentro deles. Eles nem devem ter escolha.

– Ôxe! Pois eles tinham que controlar esses sentimentos ruins e deixar a gente em paz! Nós, aqui; eles lá. Ninguém se incomoda com ninguém e todo mundo fica feliz.

De fato, o medo e nojo que vinham dos humanos não deixavam que eles vissem os benefícios trazidos pela presença de Cal e Berê para aquela comunidade tão humilde.

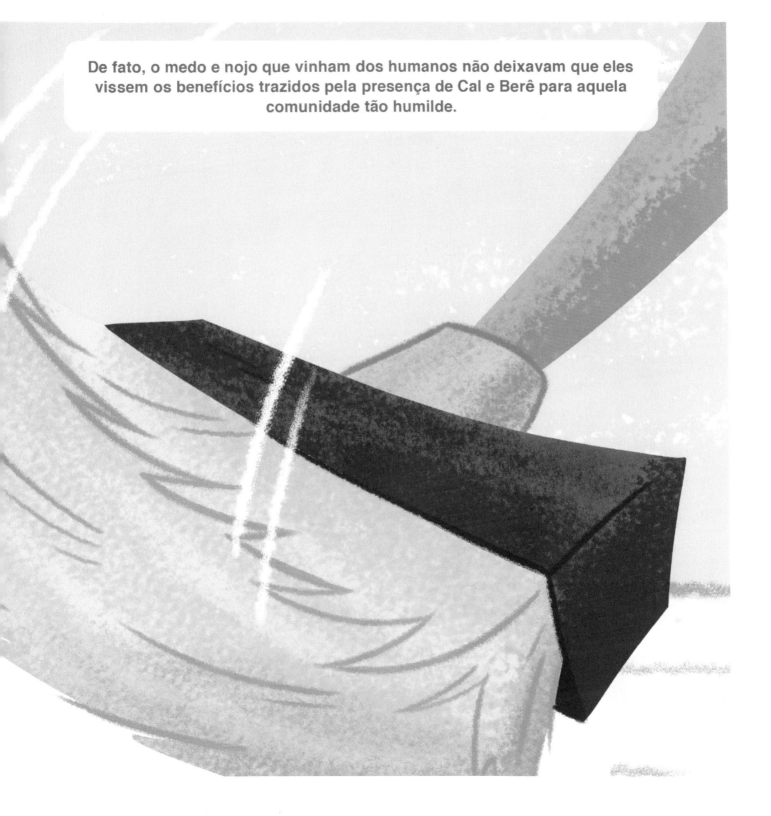

– Não sei se as coisas funcionam assim, de forma tão fácil, meu amigo Cal.

– **Pois a gente deveria ir embora e deixar as baratas tomarem de conta das casas deles!**

Berê deu uma boa gargalha, balançando a sua cabeça para cima e para baixo.

Cal já estava do lado de fora. Assim, não teria ninguém para perturbá-lo ou gritar "sai, calango horroroso!".

– Vamos, Cal! – Berê gritou, lá da rua de areia, toda 'espilicute', que significa sapeca na linguagem lá do Ceará.

Cal desceu e os dois seguiram para o meio do mato agreste. Fazia muito calor, mas os dois já estavam acostumados. Havia centenas de rochas, de formatos, tamanhos e alturas diferentes que eles subiam e desciam, sem parar. Era uma aventura a cada novo dia. Os dois répteis ficavam ali por horas, admirando a paisagem e tomando aquele sol quente, que garantia a eles a energia que precisavam.

– Ah, Berê, um dia ainda vamos até o topo daquela pedra com formado de galinha sentada.

Era a pedra da Galinha Choca, que ficava lá no sertão do Ceará. Arte da natureza, com mais de 300 metros de altura, o que permitia uma linda vista da região.

– Nossa, Cal, mas parece tão longe daqui! Não sei se aguento!!! – Berê já ficou cansada só em pensar naquela longa viagem.

– Pois acho que a gente deveria ir e deixar aquela gente sem os nossos 'serviços' por alguns dias. Quem sabe eles não param de ver a gente como um problema e nos aceitam como parte do meio; da comunidade?

Berê olhou para o amigo por um longo tempo, pensando se ele não estaria certo.

– Quer saber? Pois a gente devia ir agora! – Berê encheu o seu peito gelatinoso e gritou, orgulhosa de sua coragem.

– Você está falando sério, Berê?!

– Ôxe, vamos embora, senão eu desisto!

– U-huuu!!! – Cal não poderia estar se sentindo mais feliz. E lá se foram, dois grandes amigos rumo a maior aventura de suas vidas de répteis.

Apesar de parecer muito longe, da perspectiva de Cal e Berê, a aventura deles não duraria mais que dois dias: o que representava quase um mês na vida de bichinhos que viviam por cerca de cinco anos.

- Ô, Cal! – Gritou Berê, que não conseguia acompanhar a velocidade nem a alegria do amigo.

– Fala, Berê! Aconteceu algo? – Cal gritou de volta.

Bem – a língua de Berê entrava e saia da sua boca enquanto ela falava – sei que estimulei a nossa aventura no calor da hora, mas, o que vamos comer? Ou beber? E os bichos que comem a gente? Eles não vão perseguir a gente? Pelo menos lá na vila, temos tudo que precisamos, mais a proteção das casas! – De repente, Berê sentiu um frio na barriga.

– Oxente, Berê – disse Cal – agora não podemos mais desistir. Já passamos horas para atravessar aquela parte de pedra escura, com aquele monte de foguete que os homens dirigem – Cal se referia à estrada e os carros – Por sorte não fomos esmagados.

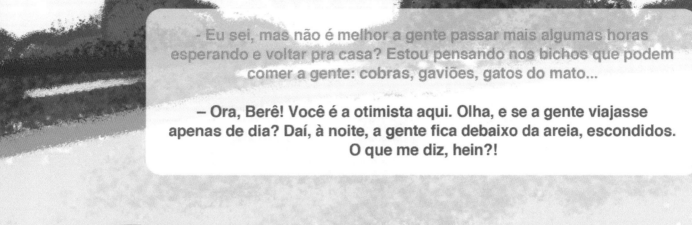

- Eu sei, mas não é melhor a gente passar mais algumas horas esperando e voltar pra casa? Estou pensando nos bichos que podem comer a gente: cobras, gaviões, gatos do mato...

– Ora, Berê! Você é a otimista aqui. Olha, e se a gente viajasse apenas de dia? Daí, à noite, a gente fica debaixo da areia, escondidos. O que me diz, hein?!

– Ok, pois a gente vai, mas vou na frente, assim você me protege, em caso de ataques de outros bichos.

– Combinado!!

E lá foram os dois, Cal feliz da vida e Berê nervosa, com medo do que poderia acontecer.

Ao cair da primeira noite, como prometido por Cal, os dois foram procurar algum lugar para se esconder, depois de comer. Cal finalmente encontrou uma pequena toca para que os dois passassem a noite, sem ter que lidar com os perigos. Berê entrou primeiro, mas na vez de Cal, algo o agarrou pela cauda. Era uma gata do mato com presas enormes e uma fome de matar.

– Berê, socorroooo! Alguma coisa me pegou! – Cal perdeu sua cauda e, apavorado, correu para dentro da toca.

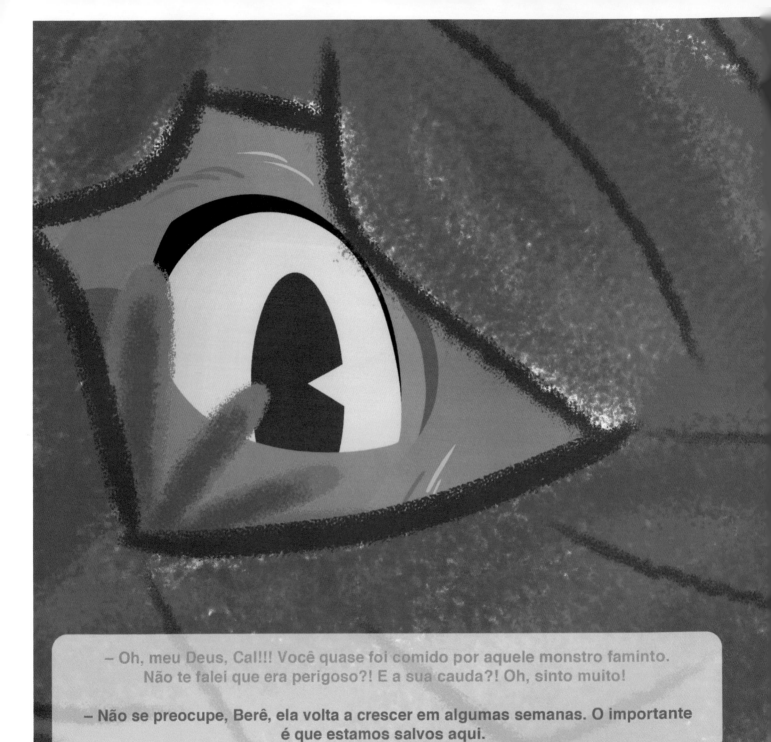

– Oh, meu Deus, Cal!!! Você quase foi comido por aquele monstro faminto. Não te falei que era perigoso?! E a sua cauda?! Oh, sinto muito!

– Não se preocupe, Berê, ela volta a crescer em algumas semanas. O importante é que estamos salvos aqui.

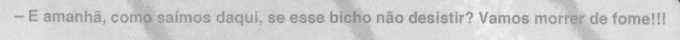

– E amanhã, como saímos daqui, se esse bicho não desistir? Vamos morrer de fome!!!

– Ora, Berê, cadê aquele seu 'vai dar certo'? – Cal ensaiou um sorriso, tentando acalmar a amiga apavorada.

– Miau! Miau! Uma hora vocês terão que sair – disse a malévola gata do mato.

– Por favor dona Gata, não coma a gente!!! – Cal implorou pela vida dele e da sua melhor amiga – Tudo que a gente queria era subir no topo daquela galinha de pedra.

– Miau, mas é o ciclo da vida, suas lagartixas deliciosas: vocês comem os insetos e eu como vocês.

– Não sou uma lagartixa!!! Berê sim! EU sou um calango!

– Desculpe-me vossa alteza, o calango. Para a minha sorte, calangos também estão na minha dieta.

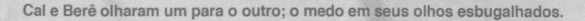

Cal e Berê olharam um para o outro; o medo em seus olhos esbugalhados.

– Como é o seu nome, dona Gata? – Berê perguntou, tremendo feito vara verde.

– Me chamo Anna.

– Eu me chamo Berenice, mas pode me chamar de Berê e o calango aqui que você quase devorou, é o Cal – Ela estava tentando ficar amiga de sua predadora.

– Miau! Por que vocês não saem logo e acabamos com essa espera? Prometo que será rápido e praticamente indolor. A cauda do seu amigo Cal estava deliciosa.

Cal e Berê congelaram. Não conseguiam se mexer, de tanto medo.

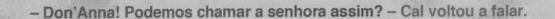

– Don'Anna! Podemos chamar a senhora assim? – Cal voltou a falar.

– Podem me chamar do que quiserem. Em alguns minutos...
ou horas, não fará a menor diferença.

– Don'Anna, a senhora já teve algum sonho na vida? – Questionou o calango.

– Miau... miau! Na verdade... – Anna teve que pensar por alguns instantes – Não!!! Sempre
vivi de acordo com os meus instintos, então comer e sobreviver são os meus lemas.

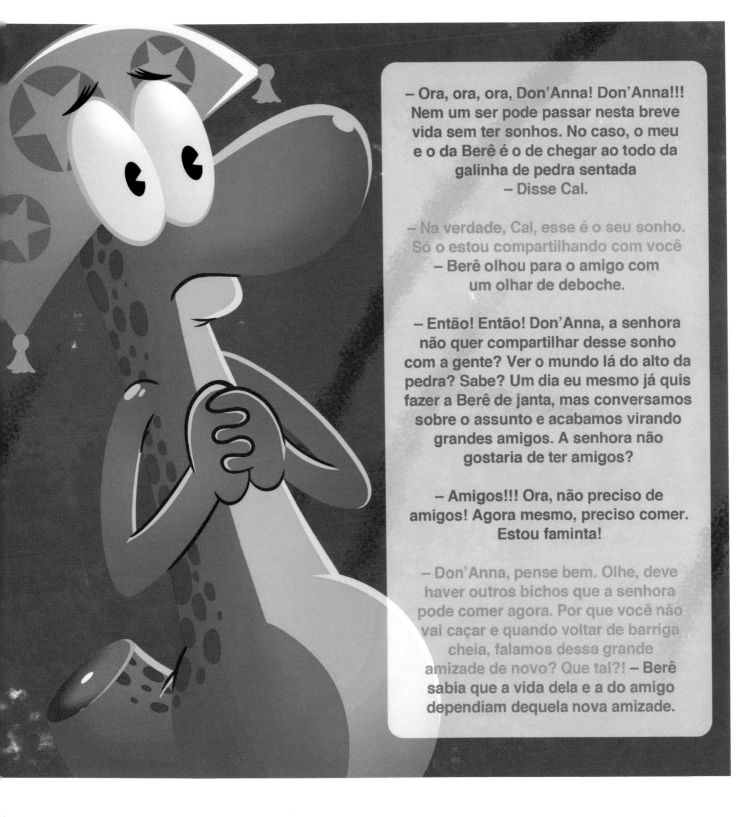

– Ora, ora, ora, Don'Anna! Don'Anna!!! Nem um ser pode passar nesta breve vida sem ter sonhos. No caso, o meu e o da Berê é o de chegar ao todo da galinha de pedra sentada
– Disse Cal.

– Na verdade, Cal, esse é o seu sonho. Só o estou compartilhando com você
– Berê olhou para o amigo com um olhar de deboche.

– Então! Então! Don'Anna, a senhora não quer compartilhar desse sonho com a gente? Ver o mundo lá do alto da pedra? Sabe? Um dia eu mesmo já quis fazer a Berê de janta, mas conversamos sobre o assunto e acabamos virando grandes amigos. A senhora não gostaria de ter amigos?

– Amigos!!! Ora, não preciso de amigos! Agora mesmo, preciso comer. Estou faminta!

– Don'Anna, pense bem. Olhe, deve haver outros bichos que a senhora pode comer agora. Por que você não vai caçar e quando voltar de barriga cheia, falamos dessa grande amizade de novo? Que tal?! – Berê sabia que a vida dela e a do amigo dependiam daquela nova amizade.

Anna pensou por mais alguns instantes e não deixou de perceber que a vida seria bem mais alegre se estivesse na companhia de bons e verdadeiros amigos. Mas como se tornar amigo da comida?!!

- Miau! Está bem! Vou ali caçar algo para comer e quando eu voltar de barriga cheia, voltamos a conversar sobre essa história de amizades e sonhos. Agora... – o tom na voz de Anna era ameaçador – se vocês fugirem, vou encontrar vocês aonde for e os devoro, mesmo que eu não esteja com fome.

– Está bem!!! Vamos esperar pela senhora aqui – garantiu Cal.

Anna se levantou e foi caçar em outro lugar.

– Vamos embora agora, Cal! – Insistiu Berê, correndo para fora da toca.

–Você tá doida, criatura! A gente não consegue correr de noite. Não sem a energia do sol!!! – Cal alertou a amiga, quando finalmente a alcançou.

Então, os dois esperaram... na esperança da gata mudar de ideia.

Já estava quase amanhecendo quando Anna voltou a encostar a sua cabeça do lado de fora da toca.

– Miau!! Miaaau!! Vocês ainda estão aí, suas coisinhas deliciosas?

– S-sim, Don'Anna! A senhora já está bem alimentada? – Perguntou Berê, assustada – A senhora chegou a pensar na nossa proposta?

– Miau! Sim e agora que estou de barriga cheia, acho que podemos sim, ser grandes amigos. Se o calango conseguiu se tornar seu amigo, por que não conseguiria me tornar amiga de duas coisinhas tão yummi quanto vocês? Só terei que reorganizar a minha dieta...

E assim, um grupo de amigos mais que improvável nasceu naquela manhã que se anunciava pelo raiar do sol.

– Podem sair! – Garantiu a gata. Cal e Berê saíram da toca.

– Bem, a senhora está pronta para subir na vida? – Brincou Cal.

– Miau! Sim, sim, estou muito curiosa para saber o que tem de tão especial lá do alto daquela pedra – Disse Anna, fazendo careta com os dentes, como se quisesse sorrir – Estão prontos para se aventurar?!

– SIM!!! – Os dois gritaram.

E lá se foram os três mais improváveis amigos rumo ao topo da pedra da galinha sentada. Afinal, onde há tolerância, respeito e flexibilidade, tudo pode ser construído. Até mesmo a amizade entre uma lagartixa, um calango e uma gata selvagem.
Cal, Berê e Anna se divertiram muito, rumo à Pedra da Galinha Choca. Quanto mais o três conversavam, mais Anna percebia que havia tomado a decisão correta em priorizar a amizade, não o próprio estômago.

– Noooooooossaaaaa! Está caindo água do céu! – Gritou Berê que nunca havia visto aquilo na sua breve vida de lagartixa.

De fato, poderia passar anos até que uma gota de chuva caísse no sertão do Ceará, portanto uma lagartixa poderia passar toda uma vida sem ver ou saber o que era aquele fenômeno.

– Miau! Mas que bribinha mais ignorante! Isso é chuva, criatura! – Gritou Anna, enquanto corria desesperada atrás de um abrigo. Gatos detestam água.

– E o que é chuva, Don'Anna? – Perguntou Cal.

– Miau! Muiaaaau! Não sei bem como acontece, mas é quando as nuvens cobrem todo o céu e daí um montão de água começa a cair.

Àquela altura, Cal e Berê já estavam com suas cabeças viradas pra cima e seus bocões abertos, recebendo toda a água que podiam beber.

A chuva finalmente parou e Anna foi a caça antes de todos irem dormir.

– É melhor procurar um lugar para se esconder, Cal!!! – Berê aconselhou.

– Sim, sim. Se Don'Anna estivesse aqui, a gente podia até ficar aqui fora...

E os dois seguiram em busca de uma toca, enquanto Don'Anna jantava.
De repente, Cal e Berê foram atacados mais uma vez por outro gato enorme,
agora preto, que pulou na frente dos dois.

– Ssssimmm!! Hora da janta!! – Disse o horrendo animal.

Cal e Berê simplesmente fecharam os olhos e esperaram por seu destino final. Lá se ia a realização de um grande sonho. Virariam comida de gato, afinal das contas. Quanta ironia, depois de ter convencido outro bichano de que poderiam ser amigos.

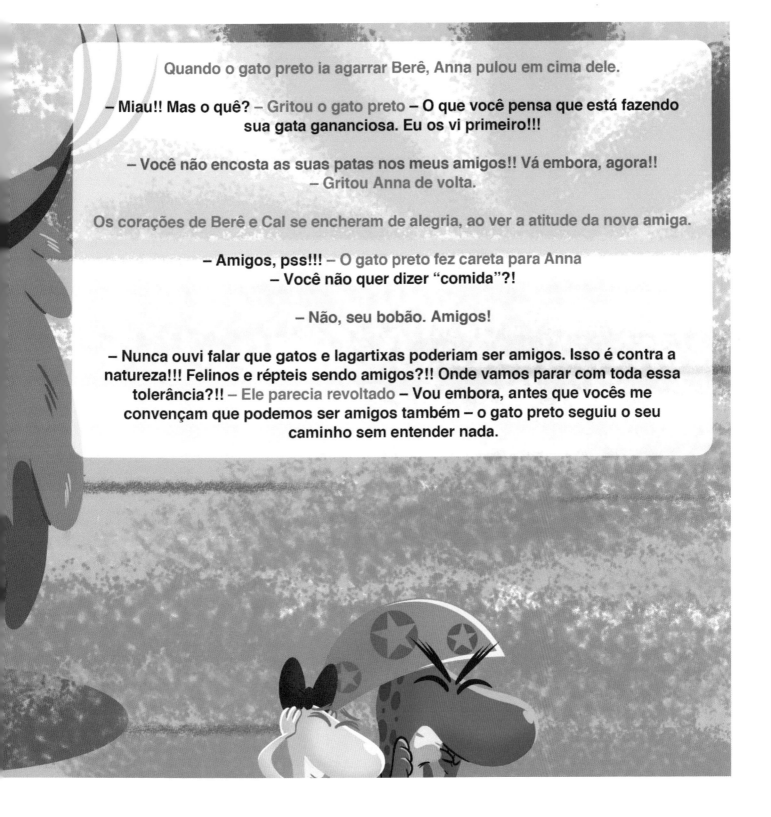

Quando o gato preto ia agarrar Berê, Anna pulou em cima dele.

– Miau!! Mas o quê? – Gritou o gato preto – O que você pensa que está fazendo sua gata gananciosa. Eu os vi primeiro!!!

– Você não encosta as suas patas nos meus amigos!! Vá embora, agora!! – Gritou Anna de volta.

Os corações de Berê e Cal se encheram de alegria, ao ver a atitude da nova amiga.

– Amigos, pss!!! – O gato preto fez careta para Anna – Você não quer dizer "comida"?!

– Não, seu bobão. Amigos!

– Nunca ouvi falar que gatos e lagartixas poderiam ser amigos. Isso é contra a natureza!!! Felinos e répteis sendo amigos?!! Onde vamos parar com toda essa tolerância?!! – Ele parecia revoltado – Vou embora, antes que vocês me convençam que podemos ser amigos também – o gato preto seguiu o seu caminho sem entender nada.

– Nossa, Don'Anna!! Você foi incrível, pense!!
– Disse Cal, agradecendo a nova amiga.

– É, você foi porreta, hein! – Berê concordou.

– Ora! Amigos para sempre, correto?
– Disse Anna, orgulhosa de si.

– Amigos para sempre!!! – Repetiram os dois répteis.
Depois de toda aquela emoção, os três foram procurar
um local para dormir.

Mal amanheceu e Cal já estava acordado, balançando a cabeça para cima
e para baixo rapidamente.

– Acordem!!! Está na hora de subir a galinha, pessoal
– Disse Cal, tentando conter a própria alegria.

Berê e Anna acordaram assustadas com o barulho.

– Ora, Cal, se acalme!!! Em pouco tempo vamos conseguir chegar ao topo da pedra.
Pra gente é uma subida rápida, igual as paredes das casas da vila **– disse Berê.**

– E eu? Vocês vão me abandonar? – Argumentou Anna, com a voz triste,
desapontada com os novos amigos.

– N-não!!! – Disse Cal, percebendo a bobagem que Berê tinha dito – Jamais vamos abandonar um amigo. Vamos fazer assim: a gente procura os caminhos mais fáceis e chegamos juntos até o topo... não importa quanto tempo vai demorar.

Anna sorriu mostrando as suas presas assustadoras,
mas os dois já estavam se acostumados.

E lá foram os três, Cal e Berê procurando pelos caminhos mais fáceis para Anna.

Finalmente, antes do sol se pôr, os três chegaram ao ponto mais alto da pedra da Galinha Choca, bem na sua cabeça.

A vista era linda! Todo o agreste, as centenas de rochas e o lindo e gigantesco açude do Cedro vistos lá do alto. Cal estava emocionado, enquanto Anna e Berê apreciavam a vista e a alegria do amigo.

Lá longe, no horizonte, o sol começou a se por lindamente. Os três amigos permaneceram ali, em completo silêncio, admirando aquele milagre da natureza.

- Uau! – Disse Berê – Nunca vi algo tão incrível em toda a minha vida.

- Eu já vi, mas nada como hoje, aqui do alto – Anna falou – e tudo ficou ainda mais especial, pois agora tenho dois novos amigos.

Cal não conseguia falar nada, só chorava de emoção, de tão feliz que estava.

– E agora?! – Perguntou Cal, ao ver o sol desaparecer no horizonte.

– Agora, vamos procurar por novas aventuras, novos sonhos!!!
– Proclamou Anna.

Assim, Cal, Berê e Anna seguiram para mais uma jornada de aventuras.

As aventuras de

Cal e Berê

A Pedra da Galinha Choca

Printed in Great Britain
by Amazon

77800948R00025